W9-DBE-134

¡HOMBRE MOSCA CONTRA EL MATAMOSCAS!

Tedd Arnold

SCHOLASTIC INC.

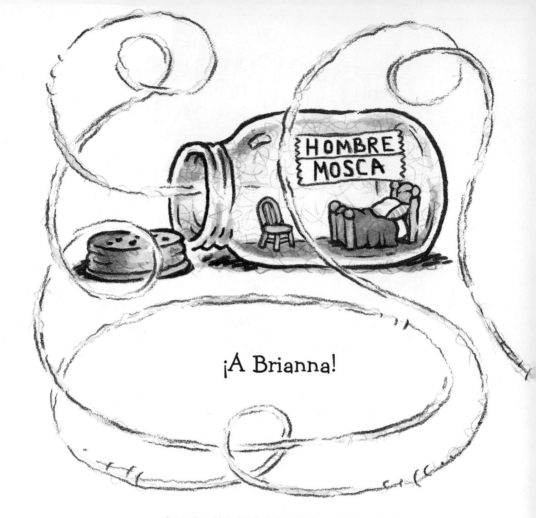

¡A Brianna!

Originally published in English as *Fly Guy vs. the Flyswatter!*

Translated by Eida de la Vega

No part of this publication may be reproduced,
stored in a retrieval system, or transmitted in any form
or by any means, electronic, mechanical, photocopying, recording,
or otherwise, without written permission of the publisher.
For information regarding permission, write to
Scholastic Inc., Attention: Permissions Department,
557 Broadway, New York, NY 10012.

ISBN 978-0-545-64613-0

Copyright © 2011 by Tedd Arnold
Translation copyright © 2014 by Scholastic Inc.
All rights reserved. Published by Scholastic Inc. SCHOLASTIC,
SCHOLASTIC EN ESPAÑOL, and associated logos are trademarks
and/or registered trademarks of Scholastic Inc.

12 11 10 9 8 7 6 5 4   17 18 19/0

Printed in the U.S.A.   40
First Spanish printing, January 2014

Un niño tenía una mosca de mascota. La mosca se llamaba Hombre Mosca. Hombre Mosca podía decir el apodo del niño:

¡BUZZ!

Capítulo 1

Un día, Hombre Mosca desayunaba dentro de la mochila de Buzz.

Buzz agarró la mochila y
se fue a la escuela.

En la escuela, Hombre
Mosca salió volando.

Entonces, la maestra dijo:
—Vamos de excursión a una
fábrica.

—Hombre Mosca, puedes
ir en mi bolsillo —dijo Buzz.

Los niños se fueron en
autobús a la excursión.

Llegaron a la fábrica.

Capítulo 2

Una guía condujo a los niños adentro.

—Hombre Mosca, quédate en mi bolsillo —dijo Buzz.

—Este es nuestro
museo del matamoscas
—dijo la guía.

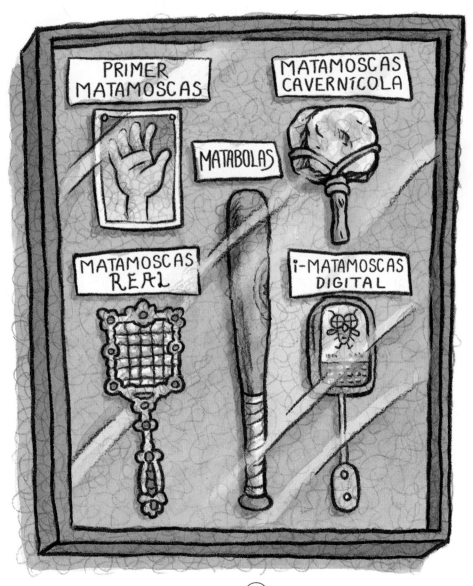

—Aquí fabricamos los matamoscas —dijo más adelante—. Pueden tomar uno.

—Ahora —dijo la guía—,
Mario Mosca les dirá más cosas.

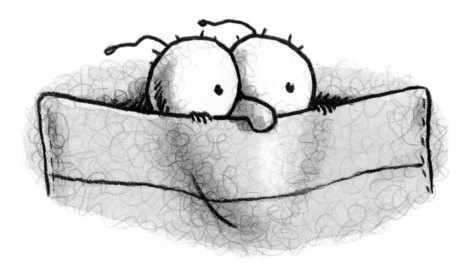

Hombre Mosca se asomó.

—Niños y niñas —dijo Mario—.
Sabemos que las moscas juegan en
la mugre.

Hombre Mosca asintió.

—¡Las moscas comen basura!

Hombre Mosca sonrió.

—¡Las moscas son desagradables!
Hombre Mosca se enojó.

—Y por eso, niños y niñas —gritó Mario Mosca—, necesitamos...

el matamoscas del futuro...
¡el **Supermatamoscas 6000**!

Capítulo 3

—Ahora vamos a ver lo que puede hacer el supermatamoscas —dijo Mario—. ¡Traigan la mosca!

La guía trajo una mosquita
dentro de un frasco.

—¡Suelten la mosca!
—gritó Mario.

El supermatamoscas

comenzó a girar.

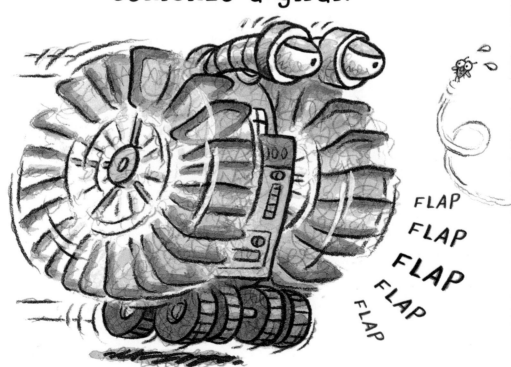

FLAP
FLAP
FLAP
FLAP
FLAP

Hombre Mosca gritó:

Hombre Mosca voló hasta la mosquita.

El supermatamoscas seguía girando.

Hombre Mosca condujo a la
mosquita a una ventana abierta.

El supermatamoscas seguía girando.

FLAP
FLAP
FLAP
FLAP
FLAP

Hombre Mosca pasó
junto a Mario Mosca.

FLAP

FLAP

FLAP

FLAP

FLAP

FLAP

FLAP

FLAP

El supermatamoscas seguía girando.

Hombre Mosca voló hacia las
máquinas de fabricar matamoscas.
El supermatamoscas seguía girando.

—¡Para! ¡Para! —gritó Mario—.
¡Todos afuera! ¡Se acabaron las
visitas a la fábrica! ¡Para siempre!

Cuando regresaron a la escuela, los niños hicieron un trabajo de arte. Y todos estuvieron de acuerdo en que esta había sido:

¡LA MEJOR EXCURSIÓN!